INVENTAIRE
Ye 21.762

HF383764

FABLIAUX

DE

CAMPEADOR

H - R

M DCCC LXXIX

FABLIAUX

DE

CAMPEADOR

Ye

21762

S 15645

PARIS. — IMPRIMERIE V^{ro} P. LAROUSSE ET Cie

19, RUE DU MONTPARNASSE, 19

FABLIAUX

DE

CAMPEADOR

BIBLIOTHÈQUE NATIONALE

DÉPÔT LÉGAL
1879

M DCCC LXXIX

TABLE DES MATIÈRES

LIVRE PREMIER

LA FORÊT ET LE CHARIOT

Une forêt, vaste et tranquille
Renfermant de fort belles eaux,
S'élevait, non loin d'une ville,
Aux chants de ses nombreux oiseaux.

Cette forêt majestueuse
Ne connaissait pas son bonheur,
Ses arbres, d'humeur ombrageuse,
Vivants agités par la peur.

S'il passait un cerf dont les cornes
Effleuraient quelque peu leurs flancs,
Tous les ornes devenaient mornes,
Tous les trembles étaient tremblants.

Même une biche au pied agile
Ne pouvait passer auprès d'eux,
Sans que son allure tranquille
Couvât un projet ténébreux.

Un jour, du profond de ses bois,
S'éleva rumeur souterraine;
Puis, une lamentable voix
Retentit jusque dans la plaine.

Rejetant chevelure arrière,
Un saule pleureur idiot
Criait : « Frères, par la clairière,
Je viens de voir un chariot.

Chariot plein de fers de hache,
De taillants, luisants au soleil;
Ils viennent accomplir la tâche
De nous conduire au grand sommeil.

— Fi ! le peureux, dit un vieux chêne,
Encor très vert, quoique ridé ;
Faudrait-il pas se mettre en peine
Pour un chariot attardé ?

D'ailleurs, que peut le fer sans manches ;
Or, les manches, frères, c'est nous :
Défendez-vous, joignez vos branches ;
Que nul ne pénètre entre vous.

Et si le sort vous est contraire,
S'il faut périr : tombez sur eux ;
N'êtes-vous plus un adversaire
Qui, même mort, est dangereux.

Tous les pays ont l'âme haute,
Tous les soldats ont même cœur ;
Si l'ennemi devient vainqueur,
Il le devient, par notre faute.

Car ce n'est pas leur seul mérite
Qui les a rendus triomphants ;
Notre taille étant moins petite,
Ils paraîtraient certes moins grands. »

Le chêne parlait à des sourds,
Deux fois sourds ; pour pouvoir comprendre
La profondeur d'un tel discours,
Aurait-il suffi de l'entendre ?

La forêt devint une plaine;
Ses arbres, frappés de terreur,
S'effondrèrent autour d'un chêne
Que respecte encor le faucheur.

Parfois, d'un côté, l'arbre penche,
L'homme aussi ; que nous sommes fous
De livrer ainsi notre branche
Au fer, pour qu'il frappe sur nous.

SOURCE. — « Aussitôt que le fer fut créé, tous les arbres se mirent à trembler; le fer leur dit : Pourquoi tremblez-vous? tant qu'aucun de vous ne me prêtera son concours, il n'arrivera malheur à personne. »

(Midrasch Rabbah, fin du 5me chapitre, *Talmud*.)

II

L'AGNEAU [1]

Le Talmud prétend qu'Israël,
En recevant le Décalogue,
Entreprit avec l'Éternel
Ce naïf et grand dialogue :

— Seigneur, d'après ta loi suprême,
Je dois aimer et respecter
Chaque prochain comme moi-même
Et je ne dois rien convoiter.

Elle me dit : Surtout prends garde
De ne tuer, ni dérober ;
Je suis ton Dieu, je te regarde,
Et n'espère pas me fourber.

---

(1) Source. — *Justice de Dieu*, page 79. Hippolyte Rodrigues,
traduction libre d'après Midrasch Rabbah, *Talmud*.

Je suis le seul, je suis l'unique,
Je vois de près, je vois de loin,
Je hais le mauvais fils, l'inique,
L'adultère et le faux témoin.

Il n'est pas d'image taillée
Que l'on puisse faire de moi,
Par elle ton âme souillée
D'un homme adopterait la foi.

La septième journée entière,
Pour maintenir ton corps dispos,
Et pour rechercher ma lumière;
Observe la loi du repos. —

Donc, Seigneur, je dois fuir la ruse,
Haïr de ma chair l'appétit,
Et tu ne veux plus que j'abuse
De ma force ou de mon esprit.

Mais, si des peuples de la terre
Je suis seul à suivre ta loi,
Rien n'égalera ma misère,
Et nul n'aura pitié de moi.

Si je ne puis plus rendre injure
Pour injure sans t'offenser,
Si je ne puis rendre blessure
Pour blessure sans te blesser;

Alors, ne pouvant pas défendre
Ma maison, mon droit, mon honneur,
Il me faudra bientôt descendre
Au dernier degré du malheur.

— Mon fils, quand je créai l'agneau,
Je reçus de lui cette plainte :
Je suis le dernier du troupeau,
Chacun va me frapper sans crainte;

Car je n'ai pas de dents pour mordre,
Et pas de griffes pour couper;
Je ne puis rien saisir, rien tordre,
Je suis sans cornes pour frapper.

Quoi! lui dis-je, préfères-tu
Le noir venin de la vipère,
La dent du tigre à ta vertu,
La tyrannie à ta misère?

La force est l'instrument du crime,
La faiblesse est souvent victime,
Veux-tu devenir le bourreau
Qui doit faire souffrir l'agneau?

— Non, je préfère l'innocence,
Répondit l'agneau, la douceur,
La faiblesse, la conscience,
Et la tranquillité du cœur.

Ainsi de toi, fils d'Israël!
Qu'on te déchire, qu'on t'immole!
Que Caïn assassine Abel,
Pour mieux honorer son idole.

Sers d'exemple à l'humanité,
Sers de pâture au paganisme;
Prophète de mon unité,
Sois l'agneau du monothéisme.

DÉDICACE DE L'AGNEAU

A

MADAME F. HALEVY

———

Ma sœur est un petit agneau
Rempli d'esprit et de finesse;
Maniant fort bien le ciseau,
Mais parfois emportant la pièce.

Très merveilleusement douée,
Elle fait tout ce qu'elle veut;
Pour tous se montrant dévouée,
Elle fait tout ce qu'elle peut.

Elle est peut-être un peu trop fière;
Elle sait bien ce qu'elle vaut;
Mais... elle n'aime pas son frère...
Il faut bien avoir un défaut.

— Mais je suis un ange, mon frere,
Si je n'ai qu'un défaut. — Ma sœur,
Je voudrais te voir plus sévère,
Plus inaccessible au flatteur.

La contradiction t'irrite,
Et ta brillante autorité
N'admet pas la moindre critique,
Tu n'aimes pas la vérité.

— Frère, ta morale m'assomme,
Tu mens, j'ai l'esprit lourd, poussif,
Je m'appelle Berquin, Prudhomme,
Le bon sens est mon objectif.

III

LE VER

On dit que chaque arbre a son ver,
Son ennemi, son parasite,
Qui le ronge été comme hiver
Et détruit le toit qui l'abrite.

Le ver de l'homme, c'est l'ami;
Le ver de la femme, l'amie;
Cent fois mieux vaut un ennemi
Qu'un traître auquel on se confie.

L'Arabe dit, en sa prière :
« Dieu, garde-moi de mes amis. »
Puis, relevant sa tête altière :
« Je me charge des ennemis. »

J'ai connu plus d'un mariage
Rompu pour cause d'amitié;
D'amitié feinte, avec partage,
De l'amitié qui fait pitié.

Cache ton bonheur, dit un sage,
Et garde-toi de dire rien
De ta femme ou de ton ménage :
Rien, soit en mal; rien, soit en bien.

Le malheur vient des confidences
Que, dans un moment d'abandon,
Suscité par des prévenances,
On accorde à l'ami larron.

S'il ne s'agit que d'une plainte,
Cet ami vous trouve ennuyeux;
Puis, il croit que c'est une feinte
Qui cache un projet ténébreux.

Mais, lorsque cette confidence
Lui décèle un réel bonheur,
Il faut voir le regard que lance
Le dépit qui lui mord le cœur.

Si c'est un malheur, au contraire,
Soyez sûr qu'il saura trouver
En lui la force nécessaire
Pour galamment le supporter.

Un journaliste des plus âcres
Assure que, dans certains cas,
Les amis sont comme les fiacres :
Quand il pleut, on n'en trouve pas.

Même un moraliste morose
Dit que, d'un ami, le malheur
Nous inspire au fond quelque chose
Qui ravit presque notre cœur.

L'ami compte sur votre bourse,
Profite de votre crédit ;
Et, s'il fait pour vous quelque course,
Il espère en tirer profit.

Car c'est un partageux sans borne.
On lui doit tout, il ne doit rien ;
Et si vous disposez d'un orne,
Il croit que vous volez son bien.

— Mais c'est le faux ami que chante
Cet Héraclite des rimeurs.
Eh ! que sont les gens qu'il fréquente ?
Ne voit-il donc que des auteurs ?

Castor, David, Damon, Pylade
Ont trouvé des amis fameux ;
— Oui, mais leur exemple est bien fade,
Et jamais l'on ne cite qu'eux.

— Non, cette thèse est inhumaine.
Quoi ! l'ami n'existerait pas ?
— Si, vraiment, d'après La Fontaine,
Il vit au Monomotapa.

IV

CASSANDRE

———

Cassandre était une princesse
D'une incomparable beauté ;
Son cœur, rebelle à la tendresse,
Ne cherchait que la vérité.

Apollon, Dieu de la lumière,
En devint follement épris ;
Pour la voir, il venait sur terre
Quoiqu'il n'en reçût que mépris.

Enfin, un jour, lassé d'attendre,
Il lui dit : « Vous posséderez,
Si vous consentez à m'entendre,
Le don que vous demanderez. »

Cassandre, étant un peu sceptique,
Répondit, par malignité :
« Jusque dans son sens prophétique,
Je veux le don de vérité. »

De cette force, sans égale,
Le Dieu possédant le pouvoir
Le lui remit; mais la vestale
Demanda quelque temps, pour voir.

Lors, Apollon, dans sa colère,
Lui dit : « Tu ne profiteras
Ni de ta conduite légère,
Ni de tes superbes appas.

Fille de Priam, tu détestes
Le Dieu qui ne songeait qu'à toi;
Ajax et la mère d'Oreste
Puniront ton manque de foi.

La vérité que tu possèdes
Et que je ne puis te ravir,
Bien loin de te venir en aide,
Va, de tous, te faire haïr.

Cette vérité toute nue,
Précipitée au fond d'un puits,
N'en sortira que méconnue
Par ceux-là qu'elle avait instruits.

L'ignorance et la calomnie
La feront jeter en prison,
Il faudra payer de sa vie
L'honneur de parler en son nom.

— Tu n'es pas un Dieu, dit Cassandre !
Pourquoi, si je t'ai rebuté,
Si je n'ai pas voulu t'entendre,
Pourquoi punir la vérité ?

Quoi, pour la faute d'une femme,
Tous les hommes sont condamnés !
Poursuis ton injustice, infâme,
Ajoute qu'ils seront damnés.

Non, tu n'es pas Dieu de lumière !
Latone a trompé Jupiter ;
Le vrai régnera sur la terre,
L'erreur est fille de l'enfer.

Ainsi qu'un homme, tu te venges,
Tu rends des arrêts odieux,
Tu feins des miracles étranges :
Allons donc, tu n'es qu'un faux Dieu. »

Apollon dit : « Puisque les hommes
N'aiment que les Dieux faits comme eux,
Ils devraient nous garder : nous sommes
Les plus aimables des faux Dieux.

Nous sommes gais, naïfs, sincères,
Nous sommes presque tolérants ;
Nous ne leur disons pas : mes frères,
Et nous leur faisons des enfants.

Eh bien, soit scandale ou folie,
Quand les hommes nous quitteront
Pour quelque triste analogie,
Les hommes nous regretteront. »

V

ADONIS

—

Adonis était un bel homme,
Ne disant rien, mais bon chasseur,
Peu lettré, mais distingué comme...
Un buste en cire de coiffeur.

Vénus l'aima pourtant; son âme,
En rêvant de lui constamment,
Trouva dans sa brûlante flamme
Ce qui manquait à son amant.

De Vénus le cœur en liesse,
Grandissant ainsi chaque jour,
L'aima tant et si bien, qu'en Grèce
On dit qu'il enfanta l'Amour.

En France, l'amour d'une femme
Ne rend pas un homme fameux;
C'est tout au plus une réclame;
En Grèce, il engendrait des Dieux.

Adonis n'était pas si tendre;
: De Vénus et du sanglier,
Disait-il, sans y rien comprendre:
A qui vaut-il mieux me fier?

Pourtant, de le voir jamais lasse,
Ayant le cœur toujours dispos,
Vénus, le suivait à la chasse,
S'occupant de lui sans repos.

Mars, furieux de sa défaite,
Voulant d'Adonis se venger,
Chercha dans un truc d'opérette
Un moyen gai de l'égorger.

Donc, pour punir son infidèle,
A la fois chasseur et gibier,
Ce Dieu, dans sa rage cruelle,
Prend la forme d'un sanglier.

Et, devant son chasseur en transe,
Il passe et repasse soudain,
Et les traits qu'Adonis lui lance
Viennent se briser sur son sein.

Puis, tout à coup il se retourne
Et fond sur lui plein de fureur;
Rapidement il le contourne
Et lui plonge un dard dans le cœur.

Vénus accourt, s'emporte, crie;
Elle saisit le sanglier;
Mars apparaît, Vénus s'oublie
Et se met à l'injurier.

« Quoi, c'est toi, Mars, Dieu de la guerre,
Qui, dans cet inégal duel,
As pris cette forme grossière,
Pour venir à bout... d'un mortel!

Va, tu n'es que le Dieu des lâches,
Courant au secours du vainqueur;
Fi! va retrouver tes bravaches,
Ensemble vous aurez moins peur.

Décidément, c'est Junon seule
Qui te conçut et t'enfanta,
Et Cybèle, ta grande aïeule,
De ses dons te déshérita.

Assassin du fils de Neptune,
Meurtrier de mon cher amant,
C'est trop braver mon infortune,
Ote-toi de mes yeux, va-t'en. »

Mars lui répond : « Tu me dédaignes;
Mais, puisque tu ne m'aimes pas,
Il me suffit que tu me craignes,
Ton amour donne le trépas. »

Mars s'éloigne; Vénus plaintive
S'élance aussitôt vers le ciel,
Et, devant Jupiter, craintive,
Elle raconte le duel.

Puis, lentement elle s'incline
Et dit : « Récompense et punis;
Et, puisque ta force est divine,
Père, ressuscite Adonis. »

— Mais c'est le fruit d'un adultère,
C'est le fils de cette Myrrha
Qui, pour Cinyras, pour son père,
Si follement s'enamoura.

— Mais l'inceste, dans nos familles,
Père, est presque un acte de foi?
Les trois Grâces, qui sont mes filles,
Ne sortent-elles pas de toi?

Tu le veux! soit; mais, particlle
Sera cette divinité,
Résidence semestrielle,
Le ciel l'hiver, l'enfer l'été.

(Chez Proserpine, que doit faire,
Pendant cette chaude saison,
Ce Dieu si frais, si sédentaire,
Si borné, dans son horizon?)

— Le jour de sa dernière chasse,
De grands peuples prendront le deuil,
Et tous, après mainte grimace,
Pleureront autour d'un cercueil.

Trois jours après, les Adonites,
Fêtant sa résurrection,
Transformeront en joyeux rites
Leur lugubre adoration.

Il nous faut un nouveau mensonge,
L'esprit de l'homme est agité ;
L'os demande qu'un chien le ronge,
Et l'homme veut être exploité.

N'essayons pas d'autres manèges ;
Les peuples et les amoureux
Sont toujours pris aux mêmes pièges,
Faisons du neuf avec du vieux.

Ce n'est que par l'idolâtrie
Qu'on passionne les mortels ;
La vérité les contrarie !
Jamais Dieu pur n'aura d'autels.

VI

LE BONHEUR ET L'OISEAU

Le bonheur est insaisissable,
Disent-ils, et, quand vous croyez
Le tenir, à l'oiseau semblable,
Il s'envole et vous rit au nez.

Non, le bonheur est saisissable,
On peut aussi le retenir ;
Mais il est comme lui perdable,
Il a deux ailes pour s'enfuir.

Et si celui qui le possède
Sur son trésor ne veille pas,
S'il est fat, inconstant ou tiède,
Et s'il dédaigne ses appas,

Rompant ces amours infidèles,
Faisant fi de leurs embarras,
Il développe alors ses ailes,
Et s'enfuit, et ne revient pas.

VII

LES PLAINTES DU ROI LEAR

———

Tous ceux qui m'ont aimé sont couchés sous la terre ;
Bien d'autres sont pleurés, par moi, quoique vivants ;
Mon cœur, rempli d'amour, vit triste et solitaire,
Je suis mari sans femme, et père sans enfants.

Dieu jaloux ! tu pouvais me laisser mes tendresses ;
En elles je t'aimais, je les aimais en toi.
Mais puisque tes rigueurs ne sont que des caresses,
Fût-ce pour les reprendre, un instant, rends-les-moi.

Car tu ne donnes pas tes faveurs, tu les prêtes ;
Redoutant de les perdre, on ne peut en jouir,
Et l'on dirait, vraiment, Seigneur, que tu regrettes
D'avoir, pour quelques jours, daigné t'en dessaisir.

(Un silence.)

Allons, Roi, c'est assez d'un moment de faiblesse,
Que ton âme soit ferme et grande en sa douleur;
Pour ne pas être plaint, déguise ta tristesse,
Aux coups qui t'ont frappé parais supérieur.

Contemple désormais du haut de ta misère
Toutes les vanités des heureux de la terre,
Tout ce qu'ils ont à perdre avant que de mourir,
Toutes les trahisons qu'il leur faudra subir.

Oui, mais les cruautés de mes parents cupides,
Mais les feintes douceurs de leurs propos perfides!
Méchants et malfaisants, je vous démasquerai....
Eh bien! non, Dieu punit, moi je mépriserai.

(Cordelia accourt auprès de lui.)

Ah! je suis un ingrat; Cordelia, ma fille,
En te donnant à moi, Dieu m'avait tout donné;
L'amie et le soutien, l'honneur et la famille!
La raison me revient et Dieu m'a pardonné.

VIII

LES YEUX DES PASSANTS

———

Deux sœurs logeaient ensemble, à ce que l'on m'a dit ;
L'une vivait pour être, et l'autre pour paraître ;
L'une aimait avant tout les choses de l'esprit,
    Et l'autre aimait à se bien mettre.

    L'une recherchait par l'étude
    La vérité de tous les temps ;
    L'autre, fuyant la solitude,
    Vivait pour les yeux des passants.

    Les yeux des passants, je m'explique,
    Ne peuvent être confondus
    Avec l'opinion publique :
    Les passants sont gens inconnus.

La sœur dit à la sœur : « Ma chère
Tu te prépares des tourments ;
La vie inutile et légère
Enfante de lourds châtiments,

Il faut vivre pour qui nous aime,
Et non pour les yeux des passants,
Chercher le bonheur en soi-même
Et redouter les faux semblants.

Que t'importe celui qui passe
Et que tu ne reverras pas ?
Ne seras-tu pas bientôt lasse
De perdre ton temps et tes pas ?

— Ma sœur, es-tu donc en démence ?
Pourquoi ce solennel discours ?
Tout est hasard dans l'existence :
Donc, il faut s'amuser toujours !

Courte et bonne, c'est ma devise :
Je ne connais que le plaisir,
Et quoi qu'on fasse, et quoi qu'on dise,
Je veux de tout me divertir.

— Non, le hasard n'est rien sur terre;
Il brille et s'éteint à l'instant;
Ma sœur, son triomphe éphémère
Ne peut séduire qu'un enfant.

Nos actions sont des semences,
Et, suivant qu'il est animé,
Chacun, en bonheurs, en souffrances,
Récolte ce qu'il a semé. —

Et la lutte étant engagée,
Et, le bien, le mal se heurtant,
La maison périt divisée,
Ainsi que dit le Testament. »

Alors, aux sœurs, les parents dirent
Qu'il leur fallait prendre un mari;
Même, à chacune ils prétendirent
Proposer un très bon parti.

« Je voudrais rencontrer, dit l'une,
Parmi ces quelques prétendants,
Non le mari de ma fortune,
Mais l'époux de mes sentiments.

Son esprit, son cœur et sa race
Doivent me plaire et m'égaler ;
Ne pensez jamais que j'embrasse
Celui que je ne puis aimer.

— Sur ce sujet, ma sœur se perche,
Leur dit l'autre, sans s'émouvoir,
A quoi peut servir la recherche
De ce qui ne peut pas se voir ?

Quelle est sa mise ? sa tournure ?
Dans le monde fait-il fracas ?
A-t-il une belle figure ?
Voilà qui ne trompera pas.

Assiste-t-il à chaque course,
Au bien préfère-t-il le beau ?
Dites-moi l'état de sa bourse
Et non l'état de son cerveau. »

Alors autour d'elle on acclame
Un gommeux, un joueur, un sot,
Lequel aurait pris dot sans femme
Bien plutôt que femme sans dot.

Et, dans sa beauté confiante,
Jugeant le moine à son habit,
A cette union décevante
La malheureuse consentit

Cependant, chaque mariage
Était refusé, sans éclat,
Par celle qu'un mauvais ménage
Effrayait plus qu'un célibat.

Je suis peut-être un peu trop fière,
Disait-elle à ses bons parents;
Mais je tiens beaucoup de ma mère :
Quand je ne trouve pas, j'attends.

Un beau jour, cependant, la chère,
Chez une parente, en causant,
Vit apparaître la lumière
Qui gît au fond d'un cœur aimant.

Sans hâte et sans se compromettre,
Du prétendant elle s'enquit,
Puis, sûre de le bien connaître,
A le voir elle consentit.

Comme sa taille était moyenne
Et qu'il n'était ni beau ni laid,
Les gens le regardaient à peine,
Dans la foule on le confondait.

Mais, tel que l'orgue dont la touche,
Bavarde ou muette à propos,
Répond aussitôt qu'on la touche
Et se tait, laissée en repos ;

Et tel qu'un livre, ami fidèle,
A vous éclairer toujours prêt,
Livre qui répond, qui révèle,
Livre qui tient ce qu'il promet.

Ainsi, sa parole éloquente
Dissertait sur chaque sujet
Et, bibliothèque vivante,
Répondait juste ou se taisait.

Ses accents gonflés de tendresse
Manifestaient l'homme de cœur ;
Son geste était une caresse,
Sa délicatesse, une fleur.

Dédaigneux de tout artifice,
Exempt de toute vanité,
D'un sage il avait la justice,
Et d'un bel enfant la gaîté.

Comme elle, il était fier et tendre ;
Ainsi qu'elle, il rêvait l'amour ;
Il savait qu'il fallait l'attendre,
Et qu'il apparaîtrait un jour.

Pareils à l'amande jumelle,
Leurs cœurs, ardemment amoureux,
Désiraient s'enlacer comme elle,
Et ne faire qu'un, — vivre à deux.

Faut-il un prophète pour dire
Ce qui par la suite arriva ?
Autour de soi qui veut s'instruire
N'a qu'à voir où le monde va.

Et si, tout acte étant semence,
Chacun, bien ou mal animé,
Dans sa joie ou dans sa souffrance,
Récolte ce qu'il a semé.

MADAME GAYET DE PREUILLY

Vous êtes encore au jeune âge,

Vous avez les plus beaux appas;

Tous les dons sont votre partage,

Et vous ne vous en doutez pas!

IX

LE PLI

DE

LA FEUILLE DE ROSE

Un sage disait au passant :
Il faut souffrir de quelque chose;
Redoutez surtout, mon enfant,
Le pli de la feuille de Rose.

Prenant en pitié les humains,
Voulant faire un heureux sur terre,
La fée aux bienfaisantes mains
Choisit une jeune bergère.

Rose venait d'être chassée
Par un maître injuste et cruel,
Et, de toute part, repoussée,
Elle implorait en vain le ciel.

« Sèche tes pleurs, lui dit la fée,
Le sort cesse de s'acharner.
A toi, les joies de l'empyrée;
Le bonheur est de le donner.

— N'insultez pas à la misère,
Voyez, contemplez mes tourments,
Mes pieds noirs meurtris par la pierre...
— Tais-toi, regarde, écoute, attends! »

Un grand Roi, cherchant une femme,
Passait précisément par là :
Lors la fée enflamma son âme,
Le Roi vit Rose et l'épousa.

L'histoire est peut-être écourtée :
J'ai passé la scène d'amour,
Elle fut souvent racontée,
C'est la même qui sert toujours.

LE PÉDANT

— Quoi! petit rimeur, l'art de dire
N'est-il pas celui de redire?
Et n'est-ce plus en disant mieux
Qu'un poète devient fameux?

Tout est créé, tout se transforme;
Sous le soleil, rien de nouveau;
Les livres vivent par la forme.
Allons! reprends ton fabliau. —

— Au bout d'un temps, la bonne fée,
Souffrant beaucoup d'un panaris,
Pour se distraire eut la pensée
D'aller voir Rose en son logis.

LE PÉDANT

— Un panaris; mais tu plaisantes,
Au ciel on ne souffre jamais.
— Si, docteur, les mains bienfaisantes
Souffrent partout de leurs bienfaits.

Donc, en plein paradis, la fée
Cherchant à se désennuyer
Voulut revoir sa protégée.
Un vieux moyen de s'égayer.

Elle trouva notre bergère
Dans un palais d'or et de fleurs;
Mais ses yeux fuyaient la lumière
Et son visage était en pleurs.

—Madame, vous m'avez trompée :
J'étais plus heureuse autrefois.
—Que souffrez-vous donc ? dit la fée.
—Toutes les douleurs à la fois...

Et, dans son oubli du passé,
Devant sa bienfaitrice, elle ose,
Montrer son petit pied, froissé
Du pli d'une feuille de rose.

De ce récit, de cette fable,
Voici l'esprit, mon cher lecteur :
L'absence du mal véritable
Engendre la fausse douleur.

LE PÉDANT

Ainsi que le plaisir, la peine est nécessaire :
Sans le soleil, la pluie aurait noyé la terre,
Sans le chagrin, la joie aurait séché le cœur.
C'est la loi naturelle, et cette loi féconde
Commande tour à tour, renouvelant le monde,
La pluie et le soleil, la joie et la douleur.

X

LA MOUTARDE AVANT LE DINER

Chaque chose doit être, en son temps, discutée ;
Chaque chose doit être, à son jour, arrêtée.
Soyez opportuniste, et recherchez le joint,
Et n'agissez que quand l'affaire est à son point.

Hélas ! dans cette nuit qui lui cache sa route,
L'homme est incessamment poursuivi par le doute ;
Ce qu'il sait, c'est qu'il doit craindre le lendemain,
Car tout varie et meurt et tout est incertain.

« Fais donc ce que tu fais » dit un grand moraliste,
« En y pensant toujours » dit Newton. Je prétends,
Malgré que je ne sois qu'un petit fabuliste,
Qu'encor ne faut-il pas agir à contretemps. »

C'est pendant le dîner qu'on passe la moutarde ;
Mais avant, mais après, il n'en faut point offrir :
Quand le fruit est trop vert, ou trop mûr, on s'en garde,
On laisse le premier mûrir, l'autre périr.

Témoin ces deux époux qui s'aimaient d'amour tendre,
Et qui, se disputant du matin jusqu'au soir
Sur l'enfant à venir, ne purent pas s'entendre,
S'entendant toutefois très bien pour en avoir.

Le mari dit : un jour, mon fils sera notaire.
— Quoi notaire, allons donc ! pour moi, j'ai le désir
Que mon fils soit poète, artiste ou militaire,
Mais notaire, jamais, j'aimerais mieux mourir.

Le mari, du notaire exalta les délices :
Estimé, consulté, prudent, homme de bien,
Tandis que du poète il blâmait les caprices,
Disant, pour l'achever : c'est un musicien.

Rossignol sur un arbre, il enchante l'oreille,
Mais il n'en reste rien après ; ce n'est qu'un bec
Possédant de beaux bruits, les poussant à merveille,
Mais dépourvus de sens et creux comme un fruit sec.

La femme repartit qu'un notaire est un homme
Qu'on reçoit par devoir et jamais par plaisir;
Qu'il est lent, ergoteur, presque toujours prud'homme
Et qu'à la comédie on sait s'en divertir;

Tandis que le poète, adoré par les femmes,
Exerce autour de lui l'empire le plus grand;
Qu'il fait, de ses amis, jusques à des réclames
Et que c'est la lumière, ici-bas, qu'il répand.

Chaque jour, chaque nuit, reprenant sa querelle,
Le ménage devint un foyer sans parfum;
Le mari ne trouva plus sa femme aussi belle,
Et la femme trouva son mari bien commun.

Dans ces oiseux débats, quarante ans se passèrent,
Sans que jamais le ciel leur eût donné d'enfants;
Puis, quand leurs jours, gâtés ainsi, se terminèrent,
Ils dirent : discutons chaque chose en son temps.

XI

LA SACOCHE

Un jour, une forte brunette
Conduisit devant le cadi
Un jeune homme à figure honnête,
Et voilà ce qu'elle lui dit :

Je revenais seule au village,
Ce jeune homme me dit : bonsoir!
Je lui répondis : je suis sage.
Par malheur, je me laissai choir.

Il me prit de force, le traître!
Je lui dis : il faut m'épouser.
—Eh! quoi, comment, sans vous connaître?
—Alors, il faut m'indemniser.

Tu possèdes, dans ta sacoche,
Beaucoup d'argent, donne-le-moi;
Quand je l'aurai mis dans ma poche,
D'autres m'épouseront pour toi.

Le cadi dit au bon jeune homme :
Je ne vous croyais pas si fort;
Allons! donnez-lui cette somme,
Car vous êtes dans votre tort.

La brunette, toute joyeuse,
Prit la sacoche et puis sortit.
Voyant la mine malheureuse
Du condamné, le juge dit :

Tu n'es pas content, bon jeune homme!
C'est vrai, je n'ai pas jugé bien;
Cours après, reprends-lui la somme
Agis de force, et ne crains rien.

Peu d'instants après, la brunette
Ramena devant le cadi
Le jeune homme à figure honnête,
Et voilà ce qu'elle lui dit :

Je revenais seule au village,
Ce jeune homme me dit : bonsoir!
Je lui répondis : je suis sage;
Puis, il voulut me faire choir,

Essayant par force de prendre
L'argent que vous m'aviez donné,
Mais j'ai fort bien su le défendre,
Et, seule, je l'ai ramené,

Allons, mon doux seigneur, je pense
Que vous vengerez ce déni;
Il a récidivé l'offense,
Il doit être deux fois puni.

—Non, ce jeune homme est sans reproche;
Par toi l'argent sera rendu,
Pourquoi n'as-tu pas défendu
Ton honneur comme ta sacoche?

XII

PROVERBES

———

Ami, lorsque deux fois ton hôte,
T'aura trompé dans un seul mois,
La première fois c'est sa faute;
Mais, c'est ta faute l'autre fois.

Sans la femme, la vie est un foyer sans charme,
Et, sans l'enfant, la vie est un combat sans arme,
Mais vivre sans parents, sans femme, sans enfants,
Il faut en convenir, c'est vivre sans tourments.

XIII

L'ABSENCE

———

L'absence est, aux cœurs amoureux,
Comme le vent des colonies;
Elle éteint tous les petits feux,
Elle attise les incendies.

On dit que les absents ont tort,
Qu'il ne faut pas quitter sa place;
Que, quand le mari chasse fort,
La femme aussi se met en chasse.

Mais ces proverbes sont menteurs,
Et l'on sait que c'est dans leurs textes
Que la plupart des malfaiteurs
Savent emprunter des prétextes.

Dans un corps sain, quand l'âme est saine,
Quand le cœur est resté naïf,
Si la confiance est certaine,
L'absence n'est qu'un chagrin vif.

Simoun du désert, vent de sable,
Et vous, siroco [1]; vous, mistral [2],
Mousson [3], galerne [4] lamentable;
Vous, harmattan [5] du Sénégal,

Vents furieux, vents de colère,
Vents qui ne pardonnez jamais
Et semblez siffler sur la terre,
Pour lui reprocher ses forfaits;

Vous êtes fiers d'être méchants,
Eh bien, vents de nos colonies :
Comparez à vos ouragans,
La tourmente des perfidies.

(1) Siroco, vent du sud-est sur la Méditerranée.
(2) Mistral, vent du nord; nord-ouest des côtes de la Méditerranée.
(3) Mousson, vent des Indes orientales.
(4) Galerne, vent ouest, nord-ouest du Berry.
(5) Vent d'est du Sénégal.

Mais ne plaignez pas la douleur
D'une âme bien passionnée,
La douleur n'est pas sans douceur,
Quand elle est noblement portée.

L'absence est, aux cœurs amoureux,
Comme le vent des colonies ;
Elle éteint tous les petits feux,
Elle attise les incendies.

XIV

L'AGENCE

Chez Monsieur de Foy se présente
Un jeune homme, ayant l'air d'un sot :
« Trouvez-moi donc femme charmante,
Dit-il, avec charmante dot. »

L'illustre agent de mariage
Fait observer à son client
Qu'il faut d'abord, suivant l'usage,
Lui verser trente francs comptant.

« Quoi ! trente francs ! mais malhonnête,
Si je possédais un denier,
Me croyez-vous donc assez bête
Pour songer à me marier ? »

TABLE DES MATIÈRES

LIVRE PREMIER

www.ingramcontent.com/pod-product-compliance
Ingram Content Group UK Ltd.
Pitfield, Milton Keynes, MK11 3LW, UK
UKHW020950120726
13693UKWH00004B/1651